청어詩人選 136

남자의 사랑

| 인디고2형 시집 |

도서출판
청어

남자의 사랑

고영민 지음

발행처 · 도서출판 청어
발행인 · 이영철
영 업 · 이동호
홍 보 · 최윤영
기 획 · 천성래 | 이용희
편 집 · 방세화 | 김명희
디자인 · 김바라 | 서경아
제작부장 · 공병한
인 쇄 · 두리터

등 록 · 1999년 5월 3일
(제321-3210000251001999000063호)

1판 1쇄 인쇄 · 2015년 11월 10일
1판 1쇄 발행 · 2015년 11월 20일

주소 · 서울특별시 서초구 효령로55길 45-8
대표전화 · 02) 586-0477
팩시밀리 · 02) 586-0478

홈페이지 · www.chungeobook.com
E-mail · ppi20@hanmail.net
ISBN · 979-11-5860-371-7(03810)

이 도서의 국립중앙도서관 출판시도서목록(CIP)은 서지정보유통지원시스템 홈페이지
(http://seoji.nl.go.kr)와 국가자료공동목록시스템(http://www.nl.go.kr/kolisnet)에서 이용하
실수 있습니다.(CIP제어번호: CIP2015030151)

남자의 사랑

시인의 말

이 책을 사랑으로 변환된 이들에게 바칩니다.

우리는 오랫동안 세뇌되어 진정한 사랑의 이름을 잃어버렸습니다.
지상에 떠도는 사랑의 이름이 대부분 욕망의 또 다른 이름인 시대
사랑 시는 제작되고 사랑도 제조됩니다.
이 거짓 사랑의 펜듈럼으로 고통 받고 있는 그대에게
강 저편의 메시지를 전해주고 싶습니다.

『사랑하는 사람아!
나는 나무 아래 앉아서 나무의 노래를 듣네.
그대는 내가 나무 아래 앉아있음이 얼마나 자유로운지 모르지.
나의 마음에 사랑이 가득하네.
나무가 내게 보내준 사랑의 속삭임.
그것은 가을날의 산들바람처럼 의식의 옷을 벗기네.』

『그대 속의 그대에게 귀 기울이라.
그 속에 사랑과 가을의 노래.
흘러가는 강물이 있다.

낡은 추억도 아름답게 노을 지는 강이 있다.
누가 그대에게 평화를 가져다주는가?
누가 그대를 사랑해주는가?
더욱 깊은 심연.
그곳에서
그대를 지탱하고 있는 생명.
우주와 자연의 에너지가 꽃피고 있다.」

『강의 저편 사람들이 그대가 무사히 강을 건너기를 기다리고 있다.
그들의 메시지를 전하고 싶다.
세상의 사랑으로 아픈 이들이여.
완전한 사랑의 언어는 아름답다.
투명한 빛의 에너지가 반짝거린다.
그 파동에 그대의 세상이 떨리기를.」

- 인디고2형 拜上

이 시집은 소장본으로 만들었던 『천국의 야설』과 『빨간 알약』의 사랑 부분만 많은 이들의 권유로 새로 정리하였습니다.

차례

4
질긴 놈

5
미야자와 켄지를 추억하며

1
눈꽃기차

기차는 하염없이 눈 속을 달려서,
지치고 메마른 생각 속을 달려서
마침내 긴 터널로 들어서면,
'철커덕, 철커덕'
추억의 박동 소리 하나둘씩 고개를 내밀어
'안녕' 하고 인사를 건넨다

사랑하고 있지 않다면

사랑은 연두색이에요
푸른 풀밭도 아닌데 사랑은 연두색이에요
머릿속에 연두색 동그란 풀잎들이 바람 부는 연못처럼 그
렇게 떠다녀요
사랑하는 것은 내가 아니에요
연두색 바람이에요

사랑하는 것은 정말 내가 아니에요
사람들은 가슴이라 하고 감정이라 하고
그렇지만 몰라요
사랑을 거역할 수 있나요?

사랑하고 있지 않다면
절대 말을 마세요
사람들은 사랑을 하는 거라 하지만
사랑은 머릿속 연두색 바람이 하는 거예요

사랑의 노래

안개 속에서 그대 손을 잡으면
소녀의 가슴에 등불 켜진다

펄럭이는 바람의 등대

가자!
죽은 것을 사랑하는 무리를 떠나서
영원의 소녀야 입맞춤하자

흩어진 낙엽 속에 반짝이는
사랑의 실체

검둥개 짖는 호롱불 마을
호박된장국 냄새 감도는 삽짝 앞에
허수아비가 된 할머니

그 터진 고무신 사이에 눈물보다 단단한
굳은살 보인다

아메리카노

강가 절벽에 우뚝 솟은 소나무의 생일을 알지 못하지
창공을 바람처럼 흐르는 새의 높이를 알지 못하지
포말을 뚫고 하얀 분수를 뿜어 올리는 혹등고래의 길이를
알지 못하지

사랑하는 사람아
사랑은 그런 것이지
말을 몰아 푸른 초장으로 인도하는 늙은이 되어
힘줄 불끈한 손으로 장대를 잡고,
산 아래 갈래머리 소녀가 나타나길 기다리지

사랑하는 사람아
치매면 어떤가?
사랑이 저리 어여쁜 소녀로 오고 있는데,
날뛰는 가슴은 당신이 들꽃 가득 꺾어
말 모는 소년에게 달려와 주기를,

사랑하는 사람아
주책이면 어떤가?
사랑은 그런 것
별에서 별로 단숨에 가는 것

밤이 오고, 사랑이 보이지 않지만
내일이 있지 않은가?

사랑하는 사람아
꽃처럼 나비처럼 오는 것은 사랑이 아니지

쓸쓸한 바닷가 오두막에서
오늘 오지 않고 내일 올 당신을 생각하며
등불을 밝히고 파도 소리 들으면,
치매 걸린 별들이 깜박거려 모카의 밤이 깊어가네

사랑하는 사람아!
당신이 오는 날이 내일이지
신이 선물한 향기가 빨대 속에서 뜨겁게 퍼덕이네

그리움

그립더라
죽을 만큼 그립더라
죽지는 않더라
딱 죽을 만큼만 그립더라
그리움이 나에게서 오는 것이 아니더라
저 안개 낀 강
부연한 골짜기
희미한 오두막에서
그리움이 오더라
그립더라
숨 쉴 수 있을 만큼만 그립더라
숨 쉴 수 없는 그리움이면,
상사의 고통 사라지고
저 피안으로,
그리움의 오두막으로
한달음에 돌아갈 텐데,
그립더라
살아있을 만큼만 그립더라
살아서 죽을 것 같은 아픔 느낄 수 있을 만큼만
그렇게 그립더라

참 어리석은 사람

사랑이 많았습니다
따뜻한 사랑의 손
왜 뿌리쳤을까요
말없이 흘러가는 강가에 앉아
사랑을 담아주던 손길을 생각합니다
후회해도 늦었지요
이제 그 손길을 돌려드리고 싶어요
그때,
난 차마 알지 못하였지요
강물이 흘러 바다에 이르는 것처럼
세월이 흘러 머리가 조개껍데기처럼 희어질 때,
문득 알았지요
참 어리석은 사람
그래요
난 참 어리석은 사람이었어요
이제라도 말해주고 싶어요
그땐 너무 어렸어요
변명이지만, 이 말이 그 중 나아요

그대에게 꼭 전하고 싶어요
그땐 너무 어렸어요

너무 외로웠어요

그래요, 참 어리석었어요

눈사람

내가 이토록 잠 못 이루는 것은
바람 부는 그대 앞마당에 함박눈이 내리기 때문입니다
순전(純全)한 크리스마스카드의 종처럼 자꾸만 마음속에 울리기 때문입니다
폐선이 된 철로의 침목처럼 멀어지는 발자국

내가 이토록 가슴 아픈 것은
그대 창가에 쌓이는 소리 없는 눈송이 때문입니다
나의 바람도 그대 창가에 쌓여 눈사람이 되었습니다
그대가 창을 열면 고요한 세상은 환한 눈사람이 환호합니다

내가 어리석은 것은,
아침이면 시나브로 사라져 갈 눈사람을 하염없이 만드는 것입니다
들판을 지나 강을 건너
모든 산에,
모든 나무에,
포근한 눈사람이 행복하게 앉아 있는 것은
나의 기도가 눈사람이기 때문입니다

그댄 눈사람의 눈물을 모르겠지요

눈물은 흘러 시내가 되고
졸졸졸 그대 귀를 간질이고,

내가 이토록 오래 잠 못 이루는 것은
그대 앞마당에 소리 없이 함박눈이 쌓이기 때문입니다

오렌지농원

천천히 걸어가자
너는 거기 있고 나는 여기 있다
오늘 가지 못하면 내일 가자
숨을 한번 몰아쉬고 고개를 들고 가자
오늘 보이지 않더라도 내일은 보이겠지
내일 보이지 않아도 멀지 않은 날에 꼭 보이겠지
사랑이 아무것도 아닌 네게로
사뭇 도도한 네게로,
천천히, 천천히
한 걸음, 한 걸음
언젠간 당신도 내가 그리워질 거야
그럼 꼭 그렇게 되어야지
난 실수하지 않아
오늘 실수하면
내일 할 거야
내일 실수하면
모레 해야지
언젠간 당신이 내가 그리워
울면서 기도하겠지
나만 미쳐있을 거란 생각은 말아줘
나도 자존심이 있어
그럼,
나도 한번 큰소리칠 수 있을 거야

박제인간

약속
그것이 중요하지 않다
다만 기다릴 수 있다는 기쁨으로
뿌연 형광등 아래 서 있는 것이다

더덕을 까는 할머니의 거친 손이 멈추고,
부유하는 사람들이 물방울처럼 흩어지면
자명종처럼 깨지는 시간
마침내 나도 깨져서 지하도의 블록에 무늬 질 때,
기다리는 행복도 천천히 마비되어 아무 고통도 없이
오늘,
그리고 저녁,
그리고 밤,
그리고 아침을 맞아 행복해지는 것이다

사랑이 무엇인지,
지하철의 소음처럼 터널로 사라진 침묵의 세계
그곳엔 기다림으로 박제된 벽이 쿨럭거린다

아시나요?

오늘,
눈이 내리고 있어요
그대 산촌에도 눈이 내리라고 기도하고 있어요
매실 꽃 눈송이 터져 아픈 봄의 문턱에
기다리던 눈이 펄펄 내리고 있어요
지우면 흐려지는 파스텔 그림처럼,
나의 마음도 흐려져 눈이 내리네요
얼마나 눈이 쌓이면 내 마음 알까요?
지붕을 덮고 산을 넘어 당신의 산촌에도 눈이 쌓여서
오갈 데 없다면
잠시 생각해 주실까요?

눈이 내리고 있어요
어두운 하늘이
사념의 무게를 뿌리고 있어요
당신은 하늘을 보며 원망할까요?
추적이는 눈송이를 털며 투덜댈까요?

당신의 외투에 앉은 눈송이

아주 조금,

나의 소금이 배어 있는 줄
아시나요?

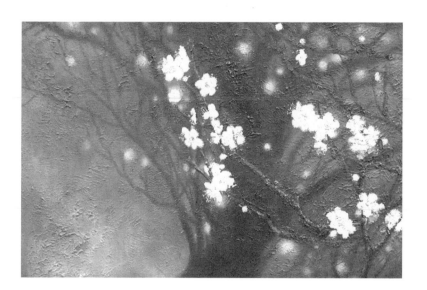

사랑의 말

사랑한다고,
그렇게 말해다오
수많은 은유의 오솔길을 맴돌지 말고
사랑한다고,
그립다고,

사랑의 미사여구에 지쳤다
포장지 같은 언어의 유희에 진정을 상실하였다
포장지에 뿌려진 향수 냄새에 본성이 길을 잃었다
사랑한다면
그냥
사랑한다
하고 말해다오
단지 '사랑한다' 라는 깨끗한 마음을 듣고 싶다
채색되지 않은 본성의 무미
진정한 사랑의 말은
'사랑한다'
이 한 마디뿐이다

알제리의 여인

그녀가 알제리에서 왔다고 이야기 했을 때
사랑이라고 들었다
알제리라는 나라가 낯설기는 하지만
언뜻 차도르의 여인과 지중해의 풍광이 익숙하게 느껴지고
빈곤한 기억 속에 들라크루아의 '알제리의 여인들' 이 등장
한다
그녀가 내게 다가와
고요한 목소리로 잠을 청할 때
눈앞에 펼쳐진 보들레르의 '호사스러움과 고요의 관능'

알제리의 여인이 동방에서 가장 아름다운 여인이라는 소문
을 들었지만
나에게도 보편적인 관념이 될 줄은 상상하기 어려웠다
희미한 불빛 아래 맴도는 낮은 목소리
불면의 욕정을 침몰시켜 돌아오지 않을 세상 저편으로
사하라의 숨겨진 오아시스로,

알제리 여인이 보여준 관능의 모태
사랑이라는 명제가 불멸하다는 것을 알게 한 그녀는
얕은 잠을 청하여
늑대 울음 들리는 테베 강가로 인도한다

앙금의 단계

1.
진실한 초상
분별하는 의지
나는 줄의 끝에서 유희하는 너의 손가락으로 깨어난다
그것은 괘종시계의 추처럼 단호한 진자운동으로 심장을 두
드린다

2.
일상이 한 잔의 커피로 식어갈 때,
환해지는 핸드폰광고처럼
익숙하게 지쳐가고 애달파하며,
다시금 허무해진다

3.
불투명한 순정
그것은 알 수 없는 심해로 인도한다
사랑의 명제가 버려진 철길처럼 녹슬어도
맹맹한 타국이름의 커피 속 달콤함은
잠깐의 뜨거움을 리필 한다

4.
차가 식고,
어떤 호기심도 시들해졌을 때,
헤어진 연인이나 사랑했던 사람의 향기
그런 기억들이 식은 찻잔 속에 천천히
가라앉는다

나비머리핀

강을 거닐 때,
너의 미소에 관하여 생각한다
단순히 미소에 관하여 생각해도 전생의 인연에 닿은 것은
그리워한 죄가 너무 깊었기 때문이리라

한때,
내 영혼이 나비였을 때,
너를 본 적이 있다
아름다움이나 어떤 요소의 끌림이 아니라
거기 그 자리
그곳에 있는 것이 마땅하였다
나비처럼
가볍게,
당신의 머리에 앉아 무게도 없는 머리핀이 되는 것이다

사파이어의 경도

오랫동안 내가 행복에 젖는 것은
그녀의 눈에 매달린 푸른 물방울 때문이다

침묵이 패인 상처를 메우고
버림이 투명함의 농담(濃淡)을 드러낸다

지상의 사금파리 같은 말속에서
여인의 물방울이 염화(鹽花)같은 시간의 경도를 견딘다면
나는 새가 되고 꽃이 되고 바람이 되어
천년, 혹은 만년을 사랑이라는 이름으로 기다리는 것이다

눈꽃기차

오래된 눈 내리는 날
'칙칙폭폭'
기차를 타고 고향 가는 길 위에 있다

차창에 엉기는 성긴 눈
침묵처럼 번져가는 아득한 풍경

낡은 사진첩을 넘기면 떠나간 여인들이 하나둘씩
고개를 내밀어 '안녕' 하고 인사를 건넨다

먼저 고향으로 간 할머니, 어머니
먼 타향에 있동,
가난한 나의 누이들이여!
눈 내리는 밤은 따뜻하여라
솜사탕 같은 사랑의 이불을 덮고 못난 남편이나마 위로하여
긴긴밤 꿀타래 올을 헤며 보내기를,

기차는 하염없이 눈 속을 달려서, 지치고 메마른 생각 속을
달려서
마침내 긴 터널로 들어서면,
'철커덕, 철커덕'
추억의 박동 소리 하나둘씩 고개를 내밀어
'안녕' 하고 인사를 건넨다

Let it be

나를 버려 두세요
철없는 보챔이 사랑을 망치는 거예요
사랑은 기다림이에요
얼마나 많은 날을 울어야
사랑의 결말을 알 수 있을지,
제발,
그냥 버려 두어요
사랑은 심장이 타들어 가는 기다림의 연속이에요

고개를 들어요
사랑의 쟁취자가 되려면 먼저 기다려요
터미널이든지,
시골 찻집이든지,
아무 일도 없었던 것처럼
그렇게 기다려요

두려워 말아요
그럼요
당신을 떠나는 것이 올바른 것은 아니에요
소리 없이 기다려요
내가 한밤의 천사로 당신의 품에 안길 때까지

향수

화개 녹차 깡통이 가습기 아래 젖어 있다
유리병에 꽂힌 노란 장미 몇 송이
문득 봄이라는 생각이 든다

그렇구나
오늘은 봄날,
그대에게 염색약 냄새나는
사랑을 고백하고 싶다

나른한 창가
주저앉은 낡은 개나리 울타리
흩날리는 첫사랑의 부스스한 그리움에 젖어

이 봄날,
그대 창가에
시장모퉁이 리어카의 향수병
그런 번들거리는 사랑을 고백하고 싶다

늪의 노래

늪에 빠진 사랑이여!
너는 수도사 같은 노래로 내 발등을 씻는다
사랑에 빠져본 적이 없는 우매한 종족이여
고개를 숙이고 노예가 되자
검은색으로 무장한 정직한 사랑이여
사랑에 미쳐 불탈 시간이 오고 있다

늪에 빠져버린 사랑이여!
과거는 한갓 종잇장
나는 사랑의 늪에 더욱 깊이 빠져든다

후회

작은 손은 아름다웠습니다
아름다운 손을 알아보기 위하여
아름다운 눈이 필요하였습니다

다시 한 번,
당신의 손이 보고 싶습니다
너무 시간이 흘러갔나요

꼭 한 번,
당신의 손을 잡고 싶습니다
당신의 손을 뿌리친 것은 어리석음입니다

얼굴이 붉어집니다
감나무에 홍시 하나 높이 남은 가을,
텅 빈 가슴에 당신의 손이 남았습니다

별의 성분

밤하늘에 별이 빛날 때,
뒷동산에 올라갑니다
꿀밤나무에 걸린 낮은 별
조각 하나 숨겨 돌아옵니다
그것은 수정입니다
책상 위에 숨 쉬는 파란 수정
가슴은 서늘합니다
행복하게 잠들면
요정들 눈물 뚝뚝 흘리며 나타나
애원합니다
문득 선잠 깨면,
수정이 천천히 흘러내립니다
별이 눈물로 만들어졌다는 것을
마침내 압니다
그리움도
언젠가는 별이 될까요?
밤하늘에 인고(忍苦)의 빙하
환하게 흘러갑니다

2
아마란타인

버려도 좋다
잊어도 좋다
어찌 당신의 의지이겠는가?
그것은 신이 내게 베푸는 은사
단 한 번 피는 꽃
불면의 아마란타인

망상역에서

기차가 옵니다
내 삶의 창 앞에 작은 기차역 있습니다
어둔 겨울밤
비에 젖은 기차는 해변 저편에서 옵니다
이토록 오래 기다린 어떤 바람이 오늘은 기차에서 내릴까요?
내 삶의 작은 역엔 겨울비만 내립니다
스쿠루우지의 철컥거리는 열쇠 소리를 남기고 기차는 소나
무 숲으로 사라집니다
기차는 왜 한 번도 돌아오지 않을까요?

비 내리는 겨울밤
파도가 불륜으로 뒤척일 때,
깜깜한 밤중 기차가 멎고, 갑자기 역은 환해집니다
기차가 떠나고 빨간 우산을 든 소녀가 서 있습니다
내리던 비는 하늘로 돌아갑니다
휴대폰도 환해집니다

8282 애인대행이벤트입니다. 주문하신 빨간우산을 든 소녀를
우송하였습니다. 이용해주셔서 감사합니다.

멋진 데이트

오늘은 좋은 날
가슴이 부풀어 올라
노란 풍선을 타고 날아갑니다
노란 풍선을 타고,
얼마나 멋진 이야긴가요
노란 풍선을 타고 가다니

그대를 마중하러 갑니다
보랏빛 풍선을 맞이하러 하늘 높이 날아갑니다
하늘에 수많은 풍선
단 하나에 당신이 있습니다
나는 이미 당신의 풍선을 알아버렸습니다
우리는 솔개처럼 빙빙 돌며 만났습니다
곧바로 만나면 심장이 터질 것 같아서지요
훨훨 날아 깃털처럼 만났습니다
약속보다 정답게 농담보다 가까이
우리의 반쪽을 찾아서 풍선을 타고
하늘에서 만났습니다
해님도 석양을 따라 저녁 마실을 가는군요
그렇게 노란 풍선을 타고 만났습니다

애인 구함

애인이 있다면
너처럼 애인이 있다면
이토록 눈발 날리는 가로등 아래 하염없이 서 있지 않을 텐데,
늦은 밤이 다하고 새벽이 올 때까지
가로등 아래 누구를 기다리는 듯 서 있지 않을 텐데,
오늘은
혹시 누가 툭 한마디라도 해주지 않을까,
그러면 몹시 그리웠다고 말해주어야지
그래,
오늘은 지나가는 말로라도 한마디 해 주겠지
'어머 이렇게 눈이 내리는데 왜 혼자 서 계세요'
깜박 정신 줄 놓으면 다정한 속삭임 들려
오! 눈 뜨면 차가운 눈송이 눈동자를 후려치네
이토록 오래
눈 내리는 가로등 아래 서 있는 것은
저 좁은 골목,
여린 소녀가 하얀 종아리 종종걸음 치며 눈발 속으로 사라
질 때,
그때,
나도 애인이 있으면, 너처럼 애인이 있으면,
젖은 외투나마 씌워서

불빛 흐린 골목
작은 찻집으로 사라지고
이제 가로등만 한가로운 추위를 따사롭게 비추어
오늘 내가 서 있던 자리에
또 한 사람
그리운 이가 되어 떠났다고,
전봇대에 새겨진
'애인 구함 ***-****-****'
이 메시지가 낙서일 뿐이라는
농담 같은 진담으로 눈이 쌓여있다

빗방울의 날개

비가 풍선처럼 떠오릅니다
빗방울에 날개가 달린 줄 차마 몰랐군요
아기오리의 솜털처럼
가볍고 따뜻한 날개가 빗방울에 달려있는 줄,
빗방울이 바람을 타고 빌딩 사이로, 나무 사이로, 우산 위로,
가장 다정하게 자신을 불러주는 곳으로
그렇게 여정의 목적지에 내리는 것이군요
나도 날개를 접고 내리고 싶습니다
낡은 기다림의 봉인을 풀고
당신의 가슴에 내리고 싶습니다
그대는 혹, 내리고 싶지 않나요?
나는 이제 내리고 싶습니다
날개는 지치고
바람은 잦아들지 않으며
목은 잠겨 있습니다

빗방울이 날개를 접고 당신의 가슴에 내립니다
나도 빗방울을 타고 내립니다

나비

내 머릿속에 한 마리 나비
비 온 뒤 푸드덕 날개를 턴다

하늘, 하늘, 하늘

날개를 하늘로 하늘거리며 팔락이더라
허공을 향한 몹쓸 사랑
결국은 하늘로 날아가더라
꽃 진 뒤 고개 숙이더라
돌아가는 것은 허공의 발가락
얼마나 그리우면 오그라들었더라
가을이 오고 너는 떠나고
내 영혼에 낙엽이 지면
철없는 날갯짓이 파문이 되어
젖은 우물가에 계절도 잊어버린
배롱나무꽃 수천 송이 피더라

지하철연가

자리에 앉으니
예쁜 팬티가 보인다

완벽한 페르소나 밑에서
꿈틀거리는 진실

살아남기 위한 은밀한 숨쉬기
사랑하며 살기란 얼마나 어려운가?
사랑하지 않으며 살기란 또 얼마나 어려운가?

겨울 감나무 위의 까마귀
남국의 무인도

행복한 지하철에서
이런 이국의 풍경을 상상한다

호접지몽(胡蝶之夢)

삶이 도무지 몇 번째지 알 수 없다
얼마나 많은 윤회를 거듭해야
이리 우둔한 삶의 영속이 끝나는 것일까?

어느 생인지 알 수 없으나 아내가 사라졌다
그것이 사별인지, 집을 나간 것인지,
열 살도 되지 않은 어린 딸은 제 어미를 기다린다
닳아진 문설주에 기대어 서서
애원에도 아랑곳하지 않고
밤이 이슥하도록 기다린다
기다리는 꼴이 보기 싫어 야단도 치지만
고래 심줄 같은 핏줄의 인장력
모른 체하고 술에 취해 잠든다
어미를 그리는 마음이 어디 생각이겠는가?
한없는 자괴감에 잠들다 가슴이 답답해 꿈을 깨니
어린 딸이 내 가슴에 기대어 울다 잠이 들었다
꼭 쥔 주먹이 한없이 작다
입술에서 작은 웅얼거림이 있다
'아빠'

오늘 그 딸이 내 곁에 누워있다

몇 생을 건너온 딸은 사랑의 여인이 되어 잠들어 있다
여전히 작은 주먹을 쥐고 내 가슴을 만진다
도무지 알 수 없는 전생의 업이여,

문득 꿈에서 깨어 장주의 나비를 생각한다

네잎클로버

길이 끊긴 바닷가
깃털 뽑힌 풀밭을 헤친다

갈비뼈가 드러난 배
단두대의 모서리가 솟은 모래언덕

바람을 맞으며 찾은
나폴레옹의 모자

그대에게 바치는
루이 16세의 왕관

없어졌다

어느 날,
그대가 그리워 휴대폰 메모리를 검색해 본다
없다
시간이 오래 익어서
사람이 그리움으로 변해
형체가 되는 것은 아무것도 없다
그리움이 이렇게 형체가 없는 것인 줄
머리에 제법 서리가 내려서야 알게 되다니
허무한 독백이 끓어오른다
그대를 향한 그리움은 한 방울도 비우지 않았는데
이렇듯 형체가 없어지고
이제야 그리움으로 가슴이 아프고
지나간 아픔은 그리움이 아니었구나
오늘은 옛날의 별을 찾아봐야겠다
저 별처럼 그대가 아직 나를 기억한다면
무릎을 꿇고 울어야겠다
무엇을 위한 것인지는 알 수 없지만
그렇게라도 해야 할 것 같은 서러움이
여름의 끝자락, 더위를 피한 추녀 밑
알 수 없는 그리움으로 휴대폰 메모리를 검색해 본다

강물

강물이 흘러갑니다
강물이 부끄러워 흘러갑니다
이름이 함부로 불리어지는 부끄러움에
흘러갑니다

가을이 흘러갑니다
가을이 붉어 흘러갑니다
열매가 너무 붉어
흘러갑니다

수줍은 소녀가 흘러갑니다
하얀 손을 감추면서
숨겨둔 꽃편지가 향기로워
흘러갑니다

사랑이 흘러갑니다
꽃처럼, 새처럼, 구름처럼
솜사탕처럼 가벼이
흘러갑니다

쥐불

별들이 추위를 타는 밤
까마귀울음 같은 바람이 온다

파리한 달빛
창호를 두드리는 손가락

가자
갈대밭을 태우러

바람이라는 말만으로 술렁이는
어린 갈대밭

아이들의 쥐불놀이에
소스라친다

눈 내리는 날

눈 내리는 날은 사랑이 내립니다
당신의 가슴에 내 가슴에
광화문광장에
사랑이 펄펄 내립니다
당신의 가슴에서 내 가슴으로
오늘은 정말 좋은 눈 내리는 날
저리 높은 곳에서 이리 낮은 곳으로
하염없이 내리는 눈
눈 내리는 날은 사랑이 내립니다
그리운 사랑이 펄펄 내립니다

사랑은 어디에서 오는가?

사랑은 어디에서 오는가?
엎질러진 가슴에서 오는가?
저 깊은 산 속 오두막, 희미한 등잔불의 깜박임에서 오는가?
사랑하는 사람의 눈동자 속에 유영하는,
미혹의 행성에서 오는가?
꿈결처럼 무너져 내리는 서러운 모래언덕에서 오는가?
정말 사랑은 어디에서 오는가?
미세한 소리에 귀 기울이는 가을벌레의 울음에서 오는가?
음울한 계곡, 흩어지는 늦가을의 마른 낙엽 향기에서 오는가?
가슴에 감춘 이루지 못한 풀잎 같은 짝사랑의 애련에서 오
는가?
윤회의 꼬인 동아줄에서, 혹은 완성되지 못한 영혼의 회귀
에서 오는가?
바람 부는 언덕에서 울고 있는 나에게 말해다오

사랑하는 사람아,
사랑은 어디에서 오는가?

꼭 알고 있어요

내가 아무 이유 없이 떠났다면
당신만 그리워하다가 떠난 줄
당신만 그리워하다가 그렇게 떠난 줄 아세요
짧은 순간이나마 당신으로 행복했다고,
작별인사를 다하지 못하고 떠나더라도 사랑에는 변함이 없다고
사람들의 입에 오르내리길,
한 남자가 이유 없이 사라졌다면,
당신을 사랑한 꿈으로 다른 별로 떠났다고
사랑이 진정 무서운 것인 줄 알고
다른 별에서 다시 만날 날을 고대하며 떠났다고
당신은 그 진실을 꼭 알고 있어요

당신이 원하지 않아도
먼 우주의 항로를 따라서
당신이 바닷가 모래알이 되었어도
나도 모래알이 되어서
당신만을 사랑하는 모래알이 되어서,
한 남자가 소리 없이 사라졌다면
다음 생의 만남을 위하여 먼 길 떠났음을,
길을 떠나며 작별인사를 다하지 못하여도
다시 만나기 위하여 저 먼 별로 떠났음을
당신은 그 진실을 꼭 알고 있어요

아틀란티스

그리운 피안이여,
숨어있는 제국이여
구원의 유혹에 금기의 벽을 넘었습니다

돌아나갈 길이 막히고,
신념이라 불렸던
이성이 맨얼굴을 드러냅니다

익숙한 굴종의 계곡
당신의 발 앞에 무릎을 꿇습니다
이전 생의 죄를 고백하는 것입니다

오오!
제국의 영감이여!
주인을 버린 불타버린 물의 신전
아틀란티스의 계곡이여!

알람

별이 유영한다는 것을 말하면 피시식 웃는다
얼마나 어리석은지 아는 것이다
흔들리는 지구에 앉아 똑바로 쳐다본다
흔들리는 것은 의지가 아니다
그림자 속에 숨어있는 유혹이 그러하듯
가장 여린 꽃이 가장 깊은 여름을 유혹한다
꺾여서 돌아간 유혹
그것은 미로여서 돌아오지 못한다
아무리 발버둥 쳐도 멀어져가는 출구
길 위에 햇빛이 충만하고 선택은 오직 가는 것이다
일방통행의 낯선 길처럼,
결코 되돌릴 수 없는 시간들이 부딪쳐 온다

무엇인가 부른다
시간이 된 것이다
반복되는 고통의 알람
꼭짓점이 멈추는 3의 배수
가슴을 움켜쥐고 너를 부른다
시간이 웃으며 베르사유궁전을 돌고 있다
한순간 태양이 멈춘다
흑점의 폭발이 심장을 감전시킨다

강을 건너가는 사람

그 길밖에는 없었다고,
주인 없는 난롯불에 손을 쬐며
그래, 그럴 수밖에 없었지
오두막에 안개가 점점 거칠어지고
때가 되어 누군가 나를 데리러 왔을 때,
담담히 저 강을 건너며
그래,
그럴 수밖에 없었지
절대로 후회하지 않아도 될 일이지
그것이 오늘일지, 내일일지, 혹은 먼 훗날일지,
지금 사랑이 진정한 사랑이란 것을
자랑스럽게 말할 수 있지
가야 하지,
피안의 오두막으로
안개를 헤치며,
조각배가 계곡의 끝
신비한 오두막으로 인도할 때,
두려워 않고,
주인 없는 난로에 손을 쬐며
나를 데리러 올 다른 세상의 사자들을
담담하게 기다려야지

사랑의 힘을 믿으며
온전한 사랑의 힘을 믿으며

아마란타인

꼭
너에게 말하고 싶다
천천히 말하고 싶다
버려도 좋다
너의 의지이기 전에 신의 의지
나는 두려워 않는다
모든 것은 변하여 식어가는 것
내가 어찌 그것을 주관할 수 있을까?
버림받은 나는 쉬고 싶다
저 깊은 골짜기
새들도 집을 짓지 않는 곳
욕망이 사라진 마을
신이 예비한 진공의 마을
버려도 좋다
잊어도 좋다
어찌 당신의 의지이겠는가?
그것은 신이 내게 베푸는 은사
단 한 번 피는 꽃
불면의 아마란타인

쉬이 평하지 말아다오

당신의 무릎을 베고 누워 하늘을 보면
완전한 사람이 된다
정점에 이른 인간
사랑으로 완성된 신의 영역
단 한 번의 사랑으로 꽃이 된 사람
당신은 떠나도 좋다
그것은 신이 내린 은총
한 송이 꽃으로 당신의 물음에 답한다

빗속의 연인

비가 오면 그리워하세요
그냥 그리워하세요
길을 걸어갈 거예요
잊지 말아요
이렇게 비가 내리면 생각합니다
생각을 지우려 해도 비처럼 내려오네요
가만히 불러 봅니다
어디에 있나요?
당신은 빗속에 숨어서 놀리네요
보고 싶은 마음에 길을 걸어가요
그래요
고요히 적셔주어요
젖어서 쉴까 해요
오늘은 당신이 비로 내리네요
기다리던 그런 사랑이 비로 내리네요

잊지 말아요
당신을 그리워한 사내가
비에 젖어 길을 가고 있어요

나는 알아요

섬세한 손으로 벗겨 주어요
바람이 늦가을 낙엽을 훑어 내리듯이
나를 벗기네요
그래요
보고 싶어요
왠지는 몰라요
차가운 옷이 벗겨지고 차가운 피부도 벗겨져
부끄러운 심장이 팔딱거릴 때,
알았어요
내가 당신을 사랑하는 것이 아니라
심장이 떨고 있는 것을,
말하지 않아도 알아요
당신이 사랑한다 말하지 않아도
나는 알아요
내가 저 골목에서 기다리지 않으면
당신이 두리번거리며 찾을 것을,
오늘은 바람이 그립다 말을 하라고
이리 보채네요

Source Love

언제나 사랑받는 이가 있다면 사랑하지 않을 것입니다
완벽한 이가 있다면 사랑하지 않을 것입니다
지식과 지혜가 넘친다면 또한 사랑할 수 없을 것입니다
가진 것을 자랑하는 사람이 있다면 외면할 것입니다
권력을 자랑하는 사람이 있다면 멸시할 것입니다
모두 차지할 것이라는 사람이 있다면 비웃을 것입니다

뭔가 부족해서 우물쭈물하는 사람
내가 없으면 길 떠나기를 두려워하는 사람
몇 푼의 돈을 아끼지만, 항상 남에게 이용당하는 사람
큰소리치지만 내가 없으면 무엇을 해야 하는지 모르는 사람
이 사람을 사랑합니다

하하,
이 아침,
편의점 카푸치노 한 잔으로 좀 비웃어 봅니다

빈틈

어느 순간에도 침묵할 수 있습니다
한없는 기다림의 순간에도 꿈꿀 수 있습니다
시간이 보채어도 홀로 시간에서 나와,
침묵으로 대적할 것입니다
가고 오는 것은 내 뜻이 아니지요
애달파하는 것도,

침묵의 순간 비로소 볼 수 있습니다
신은 노름꾼입니다
언제나 주사위를 던지지요

나의 사랑도
신의 주사위에 놀아납니다

가만히 당신의 볼을 만져봅니다
애잔한 꿈입니다
꿈만이 주사위의 빈틈입니다

바람난 달

겨울바다 위에
은빛비늘 옷 벗은 달

내 침상에
달맞이꽃 베개 하나

불을 끄는 것은
사랑을 고백하는 일인가?

벌거벗은 달이
자꾸만 창을 밀고 있네

단순한 사람

보고 싶다
이유는 없다
보고 싶다
감정인지, 호르몬인지
생각하고 싶지 않다

가야 한다
목적지는 없다
가는 것만이 유일한 길이다
세상에 이토록 단순한 일이 있을 줄이야
가기만 하면 된다니,
사랑은 가장 단순한 것
수많은 수식은 본질을 흐리는 말장난
가는 것이다
사랑하는 사람아
사랑은 그냥 가는 것
사랑이라는 명제가
아침 해가 떠오르는 것처럼 단순함이란 것을 아는데
이리 오랜 시간이 걸리다니

손익계산서

당신은 나를 선택하였습니다
가장 추운 시간에 따뜻한 화롯불이 되었습니다
당신이 아니면 내 핏줄은 얼어버렸을 것입니다
내 피에 흐르는 것은 당신의 싸한 사랑입니다

당신의 발걸음을 돌린 것은 나의 욕망이었습니다
더 많은 죄의 갈구가 당신을 울게 하였습니다
당신의 핏줄은 타버렸습니다
인사도 없이 돌아섰습니다

어느 날, 시간이 멈추었습니다
문득 당신을 불러봅니다
아! 아! 사랑이여!
내 핏줄 속에 울고 있는 그대여!

마지막 사진을 태울 때,
당신의 입술이 속삭입니다
'당신이 나를 버린 것이에요'
'당신은 아무런 손해가 없어요'

안드로메다의 사람

Ⅰ.
사람이 사람을 사랑하면 안 되는 것이에요
사람은 조건을 사랑하는 것이에요
당신은 어리석군요
사람은 사람을 사랑하는 게 아니에요

철없는 사람
그러니 골목에서 쓸쓸하게 서 있는 것이에요
아무도 순수하게 보지 않아요
한심한 사람으로 보지요

그럼요
사랑은 소유의 부산물일 뿐이에요
사랑은 손에 쥔 사과에서 오는 것이에요
당신은 정말 어리석어요
골목에서 기다리는 것이 사랑이라고 생각하는군요

가엾은 사람
당신에게 아무것도 해줄 게 없어요
비가 오면 우산을 갖다 줄 수도 없어요
단지 창가에 서서
저리도 사랑하는 사람이 있다는 위안일 뿐이에요

Ⅱ.
그래요
난 안드로메다의 B-227 행성에서 왔지요
그 행성은 공의의 행성이에요
당신이 비웃어도 나의 행성이 곧 올 거예요
그때까지 기다릴래요

사람들은 말하지요
사람을 사랑해선 안 돼요
그것은 어리석은 일이에요
사랑은 한갓 소유의 실체일 뿐,

나의 행성은
평화가 항상 가슴속에 있어요
소유가 없는 노래는
영원한 수수께끼에요

비웃고 있는 당신이 가엾어요

이별벤치

너의 자태는 숙연하다
교정벤치에서 기다린 마지막은
만추의 낙엽처럼 깊다

잘 가라
버림이라고 생각하겠지만
보내야 하는 것이 사랑이다

흔히 말하길
사랑하기에 헤어진다는 말이
입에 발린 거짓말이라고 하지만,
나는 너를 사랑한다

네 착한 우월감도
떼쓰지 못한 순진함도
내 가슴에 섬처럼 남아있다

고통에 중독된 삶이 무엇인지,
다정한 식탁과 만찬이 내게 얼마나 낯선 지,
이해할 순 없겠지

저 벤치에 낙엽처럼 떨어진 그대여
잘 가라
이것이 사랑이다
네가 원하는 행복이 내겐 없구나

3
생존자

그대는 사랑에 리플을 달 자격이 없어요
그것은 죽은 자가 산 자에게 보내는 입맞춤
행성의 생존자는 사랑하는 사람이에요

마이산

붉은 등 아래서 뛰어나왔습니다
불쑥 껴안았습니다
그녀의 가슴에 얼굴이 묻혔습니다
아가씨들이 소리 높여 웃었습니다
새로 온 아가씨의 신고식입니다

스무 살,
아가씨들은 철부지의 순진함을 즐겼습니다
오래전에 잃어버렸던 고향언덕의 풀내음
그런 싸한 향기가 피어올랐습니다
네온이 번쩍이는 화양리 뒷골목
신고식을 하러 나온 아가씨의 품에 안겨
움푹한 고향으로 돌아갔습니다

소홀한 여자

수탉이
징검다리에 위에 서 있다

꽃잎이
꽃비가 되어
돌 사이로 흘러가네

바람 불던 날은
꿈이었을까?

그리움은 깊어져 강물이 되고
그녀는 보이지 않는다

현악4중주(브람스)

안개가 입술에서 춤춥니다
안개를 부를 때는 속삭여야 합니다
소리 내면 허공으로 사라집니다

사랑도 그러합니다
입술로 속삭입니다

비올라는 브람스입니다
클라라의 치마폭에 숨어있습니다

나뭇결 생생한 화성을 따라갑니다
줄 위에서 손가락이 수군댑니다

둘이서 걸어갑니다
클라라의 입술에 피치카토가 춤춥니다

생존자

사랑에 리플을 달지 말아요
무엇을 청하였나요?
사랑의 룰을 말하지 말아요

진정 리플을 달지 말아 주세요
사랑은 당신의 영역이 아니에요
저울을 들고 리플을 다는 마네킹의 가슴이여!

그대는 사랑에 리플을 달 자격이 없어요
그것은 죽은 자가 산 자에게 보내는 입맞춤
행성의 생존자는 사랑하는 사람이에요

네모난 비눗방울

강을 거슬러 오르면
생텍쥐페리의 들판이 보인다
낮은 관목 부서진 비행기의 잔해
청춘의 샘은 거기에 있다
더러운 얼굴을 씻어 보자

송혜교는 대학을 졸업하지 않아
전지현을 사랑한다
아내는 정우성과 브래드 피트를
좋아하였다

꿈을 가져다주는
TV 아래서 잠을 잔다
송혜교 혹은 전지현의 꿈
브래드 피트의 꿈

네모난집네모난방네모난TV네모난책상네모난벽네모난직
장네모난얼굴네모난신발

청춘의 샘은 비눗방울을 주었다
일회용이라고 적혀 있다

아내와 아들은 잠들고
TV도 잠들고 위층 침대도 잠들고
이상하게 모두 잠든 밤
비눗방울을 타고 송혜교에게로 가다가
전지현이에게로 갔다

그녀도네모난집에네모난방에네모난침대에네모난이불에약
간은화장독으로부푼네모난얼굴로잠들어있었다
얼마나 꿈꾸었던 순간이었던가,
비눗방울에서 내리기 전에 사용설명서를 읽는다

※경고: 재사용불가

깜짝 놀랐다
수갑을 차고 TV에 나오는 나를 상상해 보았다

아쉬웠다

어두운 밤하늘을 떠오르면서 보이는 도시는
네모난 사물로 포장되어 있었다
방에는 아들이 울고 있었으며

아내는 입을 벌리고 자고 있었다

또 다시 아침이 왔다
네모난가방에네모난문을나서서네모난차를타고네모난의자에
앉아네모의꿈을꾸었다

우울한 사랑

오너라!
사랑이여
네 가슴에 자리한 혼돈의 잠을 깨우자
속락한 달빛 춤추는 강가에
흘러가는 유희의 언어
너는 달빛의 도화살을 알지 못한다
푸르고 푸른 달빛
캄캄한 밤이어라
캄캄할수록 푸른 달빛이여
어둠 속을 기어오는 소름 돋은 달빛이여
강은 달빛을 타고 흐른다
캄캄한 어둠 속에서 달빛은 마침내 너의 심장을 뒤집고
숨겨진 우울의 칼을 꺼낸다
고풍스런 달의 유희
비에 젖어 칼이 녹아내린다
달빛이 녹아내린다
나는 아직도 네 꿈속에 숨어있다

스토킹(Emilia Clarke)

오늘은
네 푸르른 가슴을 열자
잠자는 공주는 꿈속을 믿지 않는다
종마는 성벽을 돌아 이끼 낀 편자를 구르고
바람 부는 꿈속에 내가 숨어있다
그림자는 물러선다
고요한 수족
가슴에 얼굴을 묻는다
아무 무게도 느끼진 못하리라

네 꿈의 한 자락에서
늦은 휴식의 똬리를 튼다

해시계

당신이 없다고 생각하면 세상이 하얗게 변한다
어떤 것도
어떤 말도
사라진다
살아가야 할 날들이 순간이라고 생각하지만
무엇이 힘을 줄 것인가?

살아가는 것은 단순한 일이다
업의 반쪽으로 기울어진 해시계
내가 무엇을 할 수 있는지 당신에게 묻는다

상사화

생각하면 눈물이 난다

울지 마라
홀로 위로하지만
눈물이 난다

생각하면 눈물이 난다
눈물이 가슴을 적셔 한 송이 상사화 핀다

생각하는 것만으로도
꽃잎이 바람에 날린다
바람에 날려 길 위에서 짓밟힌다

꽃이 되어도 눈물이 난다
너를 사랑한 죄로 꽃도 잎도 없는 상사화 된다

바람이 분다

강가에 서면
가랑잎 날리는 바람이 온다

무너진 강가에서 '사랑한다' 하고
말한다
갈대밭이 흔들린다

불타버린 추억에 '사랑한다' 하고
말한다
할머니가 걸어온다

흐르는 강물에 '사랑한다' 하고
말한다
강물이 얼굴을 비춘다

나에게 '사랑한다' 하고
말한다
바람이 분다

오월이 오면
강가의 버드나무는 바람이 불 때마다

'사랑한다, 사랑한다'
하고 말하였다

섬진강의 달

돌아올 것인가?
달빛 찬란한 강가로 돌아오는가?
꿈을 가로지르는 달빛연어 떼
가슴이 벅차오른다

달의 제단을 세운다
신성한 언어의 강물
섬진강위로 밀려오는 달의 파편
초대된 영들의 진사립* 위에 흔들리는 영광

광휘의 한밤이여!
벌거벗은 달의 신을 찬미한다
무엇을 두려워하는가?
지리산의 정령들이여

엄숙한 달의 신이 은총을 내린다
예비 된 것이 오는 것이다
잃어버린 비밀의 의식
예비 된 달의 한숨

*진사립(眞絲笠): 명주실로 촘촘하게 늘어놓아 붙여 만든 갓.

입암산성

남문에 새겨진 사랑의 맹세를 읽는다
누굴까?
성벽의 맹세

머리 땋은 산성의 사람
비밀을 말해줄 수 있을까?

벽이 사라져도 남아있을 사랑의 맹세
맹세보다 깊은 깨진 비석의 음각

나는 전생의 여인이 새긴 맹세를 찾아본다

Taboo

고요히 기다리자
눈 못 뜬 강아지처럼
당신의 품 안에서 기다리자

그날,
그날이 올 것이다
타락한 세상을 징벌할 그날

죄를 사하여 줄 피난처
당신의 가슴에 얼굴을 묻고
아무도 몰래 기다리자

거문고의 가장 느린 줄처럼
울고 있는 줄의 딴마음처럼
당신의 가슴에서 환생의 꿈을 꾸자

첫사랑

회색 침묵이
들판에 깔리면
오랫동안 참아오던
눈이 내린다

지나온 발자국은 지워지고
가야 할 발자국도 흔적 없는데
어디로 가는 것일까?

눈은 바람을 타고
체온이 그리운 소녀처럼
옷깃을 헤친다

눈 내리는 저녁들판에서
무엇을 그리워하는 것일까?

문득
바람난 검둥개처럼
아득한 눈 속으로 달려간다

버림받은 사랑

보고 싶다
힘든 시간이면 보고 싶다
죽지 못한 삶이지만 너를 생각하면
가슴에 등불 켜진다

보고 싶다
당신이 놀려도 보고 싶다
사랑하는 사람아
곁에 있으리란 소망으로
내일을 기다린다

오늘은 당신이 곁에 없음이 서럽다
아무것도 주장할 수 없는 사람
아무것도 없는 사람

그렇다
그림자다
곁에 있어도 너는 모르는
그림자다

Audrey Hepburn

무슨 말인가 하고 싶어요
무슨 말일까요?
무슨 말이라도 하고 싶어요
밤인지, 낮인지 알 수 없어요
진실 된 것
그것은 오늘이나 내일이나 항상 같아요

철없다 핀잔하지 말아요
당신의 눈동자를 보고 싶어요

피안의 세계
갈망의 세계
꿈의 동산으로 가려 해요

진실한 것은 말이 아니에요
그런데도 무슨 말인가 하고 싶어요
눈동자 속으로 들어가고 싶어요

오카리나의 기억

돌아온다
삶도 죽음도
잃어버린 기억도
만추의 들판으로 돌아온다

추수한 들판에 걸린
거미줄의 추억

익은 독소리가
타국에 있는 여인에게
이제 그만 돌아오라고
초가지붕 썩는 유년의 저편에서 회오리친다

생각하는 로댕

까미유 끌로델이 안개 속에서 걸어오고 있다

또 다른 세상,
그 세상에서 사랑이라는 명제는 무엇일까?
청동기의 철학을 설파한
무거운 현자를 만나러 간다

철학자라고 일컬어지는 그는
돌 위에 앉아
명상에 잠겨 있다

그를 처음 만났을 때,
가르침을 청했다면
나도 철학자가 되었을까?

깊은 사유에 빠진 그에게
사랑이 진정 자신의 의지가 아닌지
청동기의 가르침을 청한다

키스의 수묵화

그대 입속에 살구꽃이 핀다

포근히 내리는 눈

장독 위에 쌓이고

환한 그리움 알싸하다

낮은 돌담 넘어서면

댓돌 위에 차례로 하얗게 떨리는 눈

봄바람은 아직 기별 없는데

그대의 입속에 설익은 살구 터진다

조작된 이별

맹목적인 사랑입니다
당신이 맹목이었을 때,
행복하였습니다

가볍게 생각한 것은
아니었습니다
그런데 헤어졌군요

시간이 흐르고
삼류영화처럼
슬퍼집니다

성형미인

밤바다를 바라보면
옛날,
나를 버린 여인이 떠나갑니다
정말 버린 걸까요?

어둔 바다
거친 바다를 바라봅니다

갯바람 불어 목 타는 소금비린내

작은 포구에 앉아서
옛날,
나를 버린 성형한 여인의 이름을
나지막이 불러봅니다.

생존

걱정하지 않아도 되지
전화가 있어,
번호는 이름이야
숫자를 부르지
익숙한 단축키를 누르고
잠시 후 들릴 상대의 음성을 생각하며 기쁨이나 짜증에 젖지

우리는 모두 주파수가 있어
당신은 모르지,
나는 안테나를 높이 세우고 당신의 주파수를 수신해,

다른 별 사람끼리 사랑하는 것은
주파수를 변형시켰기에 가능하지
영혼의 바코드를 지운 것이지

4
질긴 놈

이제 머리에 서리가 내렸는데
이놈이 무엇일까?
아!
이놈이 그리움인 줄
참
그것도 모르고
평생을 함께 살았군요

포옹

캄캄한 광야에 버려졌을 때,
작은 불빛이 다가왔습니다
떨고 있는 심장으로 숨어있는 내게
등불을 들고 오신 것입니다

아!
손을 잡고 일으켰습니다
울었습니다
소스라쳐 당신의 품에 얼굴을 묻었습니다

온 천지에 단 하나의 등불
단 하나의 생명입니다

구원

고요한 날이 오면
그날이 고요한 날이라고 말할 수 있으면
날개가 불타고, 이성이 불타서
재가 되어 날릴 때,
상처 난 알몸을 가시밭 아래 숨길 때,
애린바람이 날개의 생채기를 찢을 때,

사랑한다는 것은 살기 위한 몸부림
단순한 명제로만 살아갈 수 있는 생명

혹,
손을 내밀어도 괜찮을까요?

달나라 여인에게

평화를 말하고 싶다

내 말에 귀 기울이지 않아도

지나가는 바람에, 한가로운 양 떼에

흐르는 시냇물에, 춤추는 마른빨래에

평화를 말해주고 싶다

가장 낮은 사랑에게 진정함을 속삭여 주고 싶다

나른한 오후가 몸을 적시고

시나브로 물속으로 녹아 흐를 때,

사랑을 말하고 싶다

사랑의 진정함을 논하지 않고

사랑을 말하고 싶다

천천히, 천천히 네 지친 입술을 가리고

지워지지 않는 사랑의 아픔을 말하고 싶다

평화라고 알려주고 싶다

진정한 사랑은 평화라고 말해주고 싶다

가라앉은 구름에, 소리치는 바위에

늙은 소나무에, 휘어져 굽이치는 산길에

평화를 말해주고 싶다

걸어서 하늘까지

들국화가 흔들리네요
항상 기다리던 당신을 내가 기다리네요
얼마나 걸어가면 하늘에 닿을까요?
구름 한 겹 벗기면 또 구름
미망 한 술 눈뜨면 또 미망
언제는 그렇지 않은가요?
가도 가도 구름 길, 헐벗은 길
잠시 숨 쉬어 봅니다
양지바른 산길
흔들리는 햇빛
얼마나 가면 하늘에 닿을까요?
헐떡거리는 바람
나무들의 뼈
풀의 가시
걸어서 하늘까지 가려 해요
너무 먼가요?
그냥 가야지요
언제나 그렇지요

소행성 B615의 왕

사막을 두드리는 초록 광선이여
바람이 모래 산에 골을 파고 봉인된 굴을 열었다

오라! 오라!
착한 여우여
어린왕자의 청을 듣고
소행성 B615에서 부른다

굴에서 나와 명령을 따르라
별을 보고 짖어라
바람을 맞으며 짖어라

소행성 B612는
바오밥나무에 의해 붕괴되었다

어린왕자는 지구에서 환생해
체 게바라가 되었다

착한 너는
소행성 B615의 관리품목이 되었다

질긴 놈

이놈은 질기지요
시도 없이 찾아와서 브레이크를 밟아요

스산한 바람이 불고
하늘이 점차 흐려지면
찾아와서 브레이크를 밟아요

비가 오면 어떤가요?
가슴을 휘감아
억! 억! 소리를 나게 해요

해가 추녀 끝에 달리고
감나무에 감이 노란얼굴을 내밀면
가슴에 방망이질을 해대요

글쎄요
눈이 내리면요
제 욕심을 챙겨 나를 울려요

그래요
눈 내린 날이면

오뚝하니 마루에 앉혀
눈 쌓인 장독대만 바라보게 해요

이제 머리에 서리가 내렸는데
이놈이 무엇일까?
아!
이놈이 그리움인 줄
참
그것도 모르고
평생을 함께 살았군요

글쎄요
어쩌겠어요

술병 속의 천국

너는 내게로 왔다
꽃은 피었다 지고 또 핀다
전생의 연인이여
강렬한 삶의 인연이여
인내의 감로수여

깊은 계곡의 목소리를 너는 듣지 못하리
사막에 피는 꽃을 보아라
사랑의 꽃
불면의 꽃
쉬지 않고 잠들지도 않으리라

열렸다 닫힌 영원한 문이여!
문 뒤에 숨었다 살짝 얼굴을 내민 나의 누이구나
기침해다오
비밀한 소리의 화답

시간은 얼마나 쓸모없는 개념인가?
꽃핀 이름만 살아있는 생명
샘솟는 샘물로 춤추네
살아서 기쁨의 노래를 부르네

오라! 오라! 자유여!
단 한 번의 날갯짓으로 사막을 가로질러 오네
쉼 없는 아지랑이 날개에 피네
어린 배꽃의 청량한 기쁨에 잠 못 드네
영원히 잠 못 드네

기쁨의 성읍이여!
아직도 남은 사랑이 말라버린 가슴에 소나기 되네
나는 물방울을 따라 춤추는 무지개
너의 샘물에 피는 무지개

유치한 사랑의 노래여
가장 완전한 사랑의 노래구나
네 자궁에 빠져 불멸의 꿈을 꾸네

달의 사랑

청사초롱을 들고
오직 사랑의 노래로
오시는 그대는 누구인가?

아픔은 가슴에다 묻고
아름다움만으로 불을 밝히는 이

황망히 사립문 열고
그대를 맞으면

달은 휘영청 한데
청사초롱만 남아

사랑은 늘 그러한가?

4월의 나무

4월이 오면 나무한그루 심겠습니다
어리석다고 비웃어도 어린나무 심겠습니다

나무는
여름 날 서늘한 그늘이 될 것입니다
절망의 늪에서 몸부림칠 때 속삭일 것입니다
살을 찢는 폭풍도 솔바람이 되게 할 것입니다
혼자일 때,
바람의 이야기를 들려주는 천 개의 손이 될 것입니다

4월이 오면,
당신의 가슴에 나무한그루 심겠습니다
당신이 아무 의미 없다 해도,

시조새의 방문

아침의 산들바람이 깨울지는 몰랐습니다
산뜻한 아침공기가 깨울지는
여명 속에 속삭이는 물방울들이 깨울지는 몰랐습니다
이토록 포근하고 다정하게,
세상은 살아 있습니다
한 번도 듣지 못한 아름다운 노래를 듣습니다
빛나는 아침이 왔습니다
기꺼이 아침의 찬미자가 됩니다
바람의 손이 되어 당신의 머리칼을 흔들어봅니다
당신은 잠들어 있습니다

해가 달을 찢어 삼킵니다
달이 비스킷처럼 부서져 나갑니다
지구는 불타오릅니다
커다란 불씨로 타올라 천천히 날아오릅니다
지구의 자리에 시조새 한 마리 날아옵니다
피에 젖은 날개 죽지에 불에 탄 뼈 보입니다
악문 이빨이 부서져 나갑니다
수많은 유성이 날개를 관통할 때,
그대가 없는 것을 알았습니다

좀비

영혼이 빠진 사람은 살 수 없어요
나는 영혼이 빠진 사람이에요
그렇군요
영혼이 녹아버려 찾을 수 없을 듯해요
영혼이 빠진 사람은 생각도 할 수 없어요
가장 순수한 본능일지라도
마치 미라처럼

물이 된 영혼이 밤바다를 떠가요
착한 용을 타고 원시의 바다로
참 알 수 없지요
영혼이 없어도 이렇게 숨 쉴 수 있다는 것이

군불

꽃이 만발한 정원에서 말하지 말아요
단풍이 물든 산자락에서 언약을 말아요
늦가을계곡이 소스라치면
그때 말해 주어요

그리움이 사랑이 된 그 날
차가운 아궁이에 불을 지펴서
정염이 사랑으로 활활 타올라
사랑의 의미가 되게 할래요

주(酒)님의 항구

가슴속의 늪에 꽃잎이 날린다

멀어진 사랑이여!
떠나간 그녀의 갈색 머리카락이
천천히 가라앉는다

놀이터 그네에 앉아 목을 축이면
술병이 미끄럼을 타고
밤은 주(酒)님의 차가운 이성으로 항로를 이탈한다

오!
비키니 입은 밤의 항구여!
등대는 소리치며 불을 밝히고
오래 머물지 못할 손님은 충직한 집사를 찾아야 한다

밤이여!
오늘이여!
살아서 가는 천국이여!
이성이 불타는 연옥을 지나
사악한 개펄에 닻을 내리고 허기진 목소리로 떠난 여인을
부른다

사랑의 법칙

그대를 사랑한다고 말하여도
사랑한다는 말만 남아서

절망의 벼랑에 서서

'사랑한다
 사랑한다
 사랑한다.'

하고 말하여도
사랑한다는 말만 남아서

그 무수한 사랑의 노래는
강물이 되어,
절대고도를 잃어버리고
절망의 여울에 맴돌 때도
그대의 발치에 이르기를 갈망하여
바다에 이른다.

세일러문의 사랑

내가 아침 햇살이라면
그대 첫 눈동자에 비칠 텐데,
내가 정갈한 바람이라면
그대 가슴속에 파고들 텐데
내가 당신이라면
다정하게,
사랑해요.
하고 속삭일 텐데,
내가 또 세일러문이라면
요술봉으로 '얏' 하고 때려줄 텐데,

손을 호호 부는 겨울이 오면,
그대 창에 성에가 되어
그대의 **뺨**을 비비며
사랑한다 하고
속삭일 텐데,

칼국수집 기둥서방

눈 내리는 날은
칼국수 삶는 여인의 젖가슴을 만지고 싶다
한 발이나 되는 홍두깨를 담벼락에 세워두고
장작불빛 비치는 가슴을 만지고 싶다

수많은 말이 허공중에 김이 되어 오르면,
'사랑한다'는 오그라진 말은 여인의 처진 가슴을 조몰락거
린다
장작을 패고, 반죽을 하면서,
'아름답다'라는 말은 해보지 못했지만
그녀는 흰 눈보다 아름답다

부연 창밖에
솜사탕 같은 눈송이가 정지하고,
할머니의 젓가락이 꾸부러지고,
화장기 없는 여인의 얼굴이 번들거린다

칼국수집 여인이여!
이제 그만 솥을 엎고
눈꽃 날리는 환한 들판으로
유치하게 달려 가보자

수탉의 노래

목을 쭉 빼고
꽁지 빠져 징검다리에 서 있어요
바람이 불고 꽃이 피고,
당신이 징검다리를 건너오세요
보고 싶나요?
감정이 어디 만만한가요
다리 위에 서서 흘러가는 그림자를 보려 해요
개울은 어디로 흘러가나요?
참 당신은 좋겠어요
이리저리 왔다갔다,
그렇지요
다리 위에서
흘러가는 나를 보며,
해가 지고 부엉이도 울고,
오랫동안 물을 보니 허기가 져요
이 허기가 무엇인가요?
개울이 어두워져 얼굴이 사라지네요

옛사랑

강물로 흐른다

마을 앞 성지를 돌아
눈동자에 어린 마을로

빨래하는 아가씨의
젖가슴을 건너

나는 강물로
당신의 마을에 이른다

사막의 혼례

너를 부르진 않겠다
내가 가겠다
그 자리에 있어라

단 한 번 오는 인연
두려운 것은 없다
배신하지 않을 신념의 순간

사랑하는 그대여!
두려워 말라

게으른 신이 잠에서 깨어
질투의 번개를 내리칠 때
사막의 꽃들이 허둥대며 피어난다

등대지기

내 몸에 불을 켜는 사람이 있어 길을 걷는 시간이 행복하다
돌아오는 시간도 그렇게 불을 밝히니
세상이 아름다워진다

검은 발자국이 네온사인 속에서 커질 때,
솜사탕 같은 불을 밝힌 그대를 떠올리면
사람으로 인하여 꽃피는 세상의 겨울나무

길을 건너는 가슴에 밤바람이 아린다
너로 인하여 환하던 세상은 캄캄하지만
나는 외딴섬의 등대로 반짝거린다

감국(甘菊)

산모퉁이를 돌아서면
초록색 배낭, 소망의 노랑머리

돌아온 계곡 그 자리에
삐죽삐죽 솟은 염소 뿔

몇 송이를 가슴에 품다
매운 추억에 멈춰 선다

5

미야자와 켄지를 추억하며

오늘은 기차를 타고 고향으로 가려 해요
언젠간 은하철도를 타고 고향의 별로 갈 수 있겠지요

고요한 항해

강을 건너가자
사랑하는 사람아
강 건너 반짝이는 등불을 보아라
우리를 위하여 켜둔 보랏빛 수은등
쉬지 않는 바람을 기억한 등불
아무 것도 남은 것이 없어야 한다
고요하다
당신의 손은 차갑다
무덤에서 나와 피안의 마을로 가는 시간
젖은 베개에서 마른기침이 나온다
한잔의 달콤한 물이 그립다
거친 영혼이 터널을 지나면
은빛 갈대배 출렁인다
그대
등불을 끄지 말아다오
여정이 아직 멀다
강 건너 오두막으로 가는 항해
너의 찬 손에 얼굴을 부비고
무거운 외투 깃을 세워서
덜 깬 새벽의 강가로
보랏빛 깜박이는 강 건너 마을로,

소망

길이 멈추고
더 이상 앞으로 나아갈 수 없을 때,
비로소 길이 열린다

삶을 원하는 이여,
나아가라

길은 길이 사라진 어느 날
절망에 빠져 울고 있는 개펄의 끝자락에서
분노가 심장을 할퀴고 놀란 가슴이 두렵다고 울부짖을 때,
세상이 검은 안개로 우리를 감쌀 때,
그 때
소리 없이 열릴 것이다
돌아보지 마라
가야 한다
신이 예비한 길을 믿어야 한다
의심은 길을 지우고 소금구덩이로 인도한다

어느 것 하나,
신의 손길이 아니랴,
당신의 발 앞에 무릎을 꿇는다

잠

얼마나 깊이 잠들면 당신은 오시나요?
열 밤을 자고나면 오실 거라는
그 맹세를 못미더워하는 어린 마음,
손가락 수없이 헤아려 잠들면
깊고 깊은 꿈속에서 이리 오시네
오호!
서러워라
당신의 품안
그리운 손길이 젖은 뺨을 어루만지네
밤은 어둡고 거친 양떼
험한 파도소리 귀를 때리면
섬들은 모두 나를 향해 항해하네
무서워라
당신의 품안에 파고드네
님이여!
낙타를 타고 오는 사랑이여,
그것은 돌이킬 수 없는 항해
열사의 폭풍으로 날아오리
은밀한 것들이 잉태되고
고비의 모래바람은 양떼를 몰고 가네

미야자와 켄지를 추억하며

하늘을 바라보며 UFO를 기다렸어요
사람들은 모두 비웃었지만,
그래도 나는 믿어요
언제일까요?
모르지요
어느 날, UFO가 나타나 푸른 광선을 번쩍이며
착한 사람들에게 말을 건넬 그 날이 언제인지
어리석은 망상이라고 해도
저 먼 별에서 자꾸만 속삭여요
'별을 그리워해야 합니다'
어느 별을 그리워해야 하는지 알 순 없지만
버팔로를 기다리는 인디언처럼 별을 보고 기다리지요
고향 이전의 고향은 별일까요?
고요한 밤이면 별들은 먼저 간 사람들의 얼굴이 되어
속삭이지요
반짝이면서,
생텍쥐페리는 프로펠러비행기로 갔다고 하더군요

오늘은 기차를 타고 고향으로 가려 해요
언젠간 은하철도를 타고 고향의 별로 갈 수 있겠지요

고독

생각하면,
삶은 나를 찾아 떠나는 여행이지
사람들이 화려한 여정을 말할 때,
얼마나 동경하였던가?
눈 내리는 언덕에 올라 소리칠 때도
아아!
얼마나 한탄하였던가?

손님들이
막차로 떠나고
그 자리에 주저앉은 눈사람
추한 골목의 어둠을 지킬 때
고독이 썩은 홍시처럼 흘러내린다

홀씨의 여행

오늘 알았습니다
오래전에 알아야 했지만
장미꽃밭 기웃거렸습니다
장미꽃이 반기지 않아도 몰랐습니다
나도 장미꽃 같은 향기 피우고 싶었지요
화사한 봄이 가고 노랑꽃이 지고
내 몸에 솜사탕 같은 홀씨 피어올랐답니다
정말 몰랐습니다
내 몸에 이리 가벼운 풍선 자라고 있는 줄
장미꽃 가시에 몸 사리느라 차마 몰랐답니다
까만 발가락 오므리고 하얗게 날아갑니다

아일랜드

어느 날,
시장에서 병아리 세 마리 사왔습니다
'삐악, 삐악'

병아리들은 물었습니다
초롱한 눈망울로 물었습니다
'삐악 삐악'

언제부턴가 나는 암탉이 되었습니다
시도 때도 없이 엄마를 부르는 병아리들의
철없는 엄마가 되었습니다
'삐악 삐악'

마침내 나도 '삐악'을 할 수 있게 되었습니다

나팔수

황금의 뱀을 키우는 그대
금빛 이슬의 유혹은
황금사원의 풍경(風磬)

달콤한 쇠는 혀를 녹이고
마비된 정열이 녹는
시간이 흐르면

9월의 소녀
해바라기 숲 속에서 길을 잃는다

옛날 여인

사랑은 사랑하는 것
사랑을 해보지 못한 사람이 이해할 순 없지
천국과 지옥의 한숨만 남은 미라의 말
마음으론 이해하지 못해
진실한 것은 살아있는 감각
여린 마음은 나를 속여

사랑은 빛의 악기
사랑만 노래하지
인연으로 환생한 이들이 부르는
태고의 노래
오늘 아침 빛의 입자로
옛날 여인을 불러보네

당신의 마을로 가는 길

들길에 앉아 바라본다
사람을 사랑해야만 살아갈 수 있는 이유
그 이유가 들녘에 내려온다
저녁 짓는 연기에
낮은 담은 구멍 숭숭 뚫어 숨쉬고
낮은 굴뚝도 덩달아 쿨럭거린다
그리움이 사라진 마을에서 사랑을 노래한 나는
소돔의 방문자처럼 낯설다

예배당의 저녁종이 가슴을 들쑤실 때,
풀밭에서 기어 나온 귀뚜라미의 섬뜩한 더듬이
구멍에서 얼굴을 내민 들쥐 킁킁거리고
술에 취한 아버지의 굽은 등을 보며 일어선다

자유는 바람이 아니다
나는 본능의 뒤척임으로 마을을 떠나
네가 사랑이라 명명한 태고의 마을로 가는 것이다

마추픽추

미로의 언덕에 서서
절제의 미덕을 배운다

산 위의 산
사람 위의 사람

아무도 높은 사람은 없었지
우리가 높아지지 못하는 것은 아무리 올라가도 결국은 내
려가는 것이기 때문이지
가장 낮은 곳으로 온 이가 가장 높은 이인 것처럼
결코 올라가서 높은 자가 되진 않았어
아틀란티스제국의 지하철검표원처럼,
무대륙의 택시기사처럼,
지나간 이름을 높이 부르진 않지
단지 이름일 뿐,

무대륙의 치킨집 사장처럼
이타카의 밀짚모자장수처럼
플레이아데스성단의 등대행성에서 만난 루처럼
아침이면 불을 끄고
저녁이면 불을 켜서
추억이 한 줌 바람밖에 안 되는 것을
이제 오는 변방의 어린 종족들에게 알려주는 것이지

호암빌라

간장달이는 골목바람이 불어온다
커튼은 넘실거린다

해풍이 흐르는 방은 바다가 된다
내 뼈를 운반하여
침대에 눕힌다

여인은 가라앉아 있다
지하방 커튼에 소라와 해마, 해초가 굼실거리고
문어와 거북이 암초를 기어오르고 있다

분칠로 메운 자글자글한 주름 속에
먼 항해의 고독을 본다
수평선을 넘어온 하얀 발

나는 파도가 된다
넘실대는 파도가 되어
해마와 소라, 물고기를 몰아 보낸다

깊은 단칸방
푸른 바다 커튼 아래
거북여인이 헤엄치고 있다

미안하다 꽃게야.
너는 오늘 장렬하게 전사하여
꽃게탕이 되었구나.
2014. 9. 24 선희.

사다리 파는 할머니

아이들은 믿지 못하지만,
고향에는 별로 가는 사다리를 파는 할머니가 살았다
아이들이 고모네로 몰려가 TV의 교태어린 목소리에 아랫
도리가 흥건한 밤,
할머니 집에서 사다리 타는 꾀를 배운다
아이들이 내가 지랄병에 걸렸다고 놀렸지만,
할머니 왈 '옘병할 놈들, 똥바가지를 뒤집어씌울라'

동네에서 젤 높은 사다리는 방앗간사다리였는데,
다리가 후들거려 좀체 몇 칸을 오르지 못하였다 그러나 할머
니는 내가 심지가 착해서 그렇다고 오히려 칭찬해 주었다
나도 그것이 흠이 아니라 자부하고, 사다리를 탈 수 있는 나
이가 되면 어떤 별로 갈 것인가? 밤하늘을 바라보다 이슬에
온몸이 젖기도 하였다
아이들은 왜 믿지 못할까?
도둑놈들 이야기에는 간을 빼주면서, 한 번도 남을 속이지
않은 할머니를 비웃는 것일까?

사다리 타는 연습을 잊고 있던 겨울 어느 날,
할머니가 갑자기 하늘나라로 갔다는 이야기를 듣고 나도 빨
리 별로 가서 할머니를 만나보아야 한다는 생각을 말하자,

아버지는 '저 놈은 빙시 아이가?' 하며 들고 있던 빗자루를
던지셨다

그 때, 정신이 아득하기를
나는 돈을 주고 사다리를 산 일이 없어,
할머니처럼 별로 가기가 어려울 것이란 걸 알게 되었다

빨간 망사 여인

야한 여인은 매력이 있다
순수니 정갈함이니,
그것은 매력이 없음을 다르게 표현한 것이다
아무리 순수하다 한들 야하지 않으면 무엇이란 말인가?
김태희도 야하지 않으면 매력이 없다

여인이여!
오늘은 속이 비치는 빨간 망사 옷을 입고 거리로 나가 보라
세상이 갑자기 햇빛 속에 반짝일 것이다
도덕이라는 삐뚤빼뚤한 위선을 버리고 걸어가 보라
야하지 못한 여인은 프로스트의 두 번째 길을 가지 않는다

학창시절
내 자취방은 경마장 가는 길목 홍등가였다
밤이면 매미날개옷의 여인이 붉은 유리방에서 나를 불렀는
데 그런 밤은 왠지 잠이 오지 않았다
이제 중년이 되니 소년 같은 흥분은 사라졌지만 빨간 옷을
입은 여인을 보면 아직도 설렌다
야해 보이는 것이다

여인이여!

이 봄날, 빨간 원피스에 빨간 하이힐을 높이 신고 걸어가
보라
세상은 다시 꽃피고 천진난만한 웃음이 하늘에 비눗방울로
피어오른다